In Sachen Herz

Ein Kurzkrimi

von Yvonne Bauer

Bibliografische Information der Deutschen Nationalbibliothek:
Die Deutsche Nationalbibliothek verzeichnet diese Publikation in der Deutschen Nationalbibliografie; detaillierte bibliografische Daten sind im Internet über www.dnb.de abrufbar.

Urheberrechte

Impressum

In Sachen Herz von Yvonne Bauer (Autor)
Preis 5,99 Euro
1. Auflage
Copyright: © 2018 Yvonne Bauer
Coverdesign: © 2018 Yvonne Bauer
Bildmaterial: © Copyright by rangizzz – fotolia.com #53868609 - Close up of stethoscope on the computer Keyboard
Herstellung und Verlag: BoD – Books on Demand, Norderstedt
ISBN: 978-3-7528-7865-3

»Gibt's irgendeine Ursache in der Natur,
die diese harten Herzen hervorbringt?«

William Shakespeare (1564 - 1616)
(aus König Lear, 1605)

Inhaltsverzeichnis

Der erste Tote

»Ich verstehe das nicht, gestern war doch noch alles in Ordnung.« Betreten sah die übermüdete Assistenzärztin von der Leiche vor ihr zur Schwester. »Herr John hat sogar noch mit mir geflirtet.«

»Als ich die Nacht meine Runde gegangen bin, hat er geschlafen.« Auch Schwester Lisa schüttelte ungläubig ihren dunkelblonden Haarschopf.

Constanze Herzsprung, Assistenzärztin der Unfallchirurgie im dritten Jahr, zückte ihr Stethoskop und drückte es auf die Brust des Mannes. »Hat er irgendwelche Beschwerden angegeben?« Ihr fragender Blick suchte erneut die Krankenschwester.

»Nein, die Spätschicht hat übergeben, dass er nach dem Abendessen noch eine Schmerztablette angefordert hat, weil sein Knie weh tat, aber danach hat er nicht einmal mehr geklingelt.«

»Eine Schmerztablette?« Nun war Constanze hellwach. »Kann ich die Kurve sehen?«

Eilig verließ Schwester Lisa das Krankenzimmer, um die gewünschte Patientenkurve zu holen.

Währenddessen führte Constanze die Leichenschau weiter durch. Einen Herzschlag hatte sie nicht gehört, einen Puls vergebens gesucht. Sie griff nach der Pupillenleuchte, hob nacheinander die Oberlider ihres Patienten und wartete auf eine Pupillenreaktion. Nichts. Sie suchte den Hals nach verräterischen Spuren von gestauten Halsvenen ab, konnte aber keine entdecken. Eine Lungenembolie war nichts Ungewöhnliches bei einem immobilen Patienten.

Herr John hatte am Geburtstag seines Enkels mit diesem Fußball gespielt und sich dabei das Bein verdreht. Der Kreuzbandriss wurde vor wenigen Tagen operiert.

Constanze erinnerte sich noch genau an den Nachmittag, an dem die Retter den schimpfenden Patienten in die Notaufnahme gebracht hatten. Die Worte des Mannes klangen ihr noch in den Ohren. »Jetzt habe ich dem Kleinen den Geburtstag verdorben.« Er schien verärgert über seine eigene Ungeschicklichkeit. »Ich habe meiner Tochter gesagt, dass ich schon zurechtkomme. Aber als das Knie immer mehr anschwoll, obwohl ich es hochgelegt und gekühlt habe, bestand sie darauf, die Rettung zu rufen. Mein Enkel hat geweint, als mich die Sanitäter in den Krankenwagen geschoben haben. Können sie sich das vorstellen, Frau Doktor? Ausgerechnet an seinem Geburtstag...«

Sie konnte das wütende Funkeln in den blauen Augen des Mannes in Gedanken noch vor sich sehen. Nun lag er vor ihr, der Blick gebrochen.

Die Leichenstarre im Kiefergelenk hatte bereits eingesetzt. Also musste er schon mindestens zwei Stunden tot sein. Auf der Suche nach Leichenflecken wurde sie schnell fündig, als sie Herrn John auf die Seite drehte und den Rücken untersuchte. Sie drückte mit dem gummibehandschuhten Zeigefinger ihrer rechten Hand auf die lividen Stellen und ließ sie sofort los. Die Haut hatte wieder eine normale Farbe angenommen, verfärbte sich aber nach wenigen Sekunden wieder wie vorher. Wegdrückbare Livores, ja zwei Stunden, länger war der Mann nicht tot. *Aber woran ist er gestorben?* Fieberhaft suchte Constanze den Körper nach Zeichen einer Todesursache ab.

In der Zwischenzeit war Schwester Lisa zurückgekehrt. In der Hand hielt sie die Kurve des Patienten und blätterte darin herum. »Es ist, wie ich gesagt habe. Eine Tablette Ibuprofen um 19 Uhr. Die Spätschicht hat eingetragen, dass es keine Probleme gab.«

»Steht da irgendwas von Allergien?«

Lisa überflog die Kurve und schüttelte den Kopf. »Nein.«

Erschöpft streifte sich Constanze die Gummihandschuhe von den Händen. Noch zwei Stunden, dann würde sie von ihren Kollegen abgelöst werden. Diese 24-Stunden-Dienste waren einfach die Hölle. Sie überlegte, ob sie die Frau des Toten jetzt oder erst in zwei Stunden anrufen sollte. Frau John würde sicherlich schlafen. Niemand hatte damit gerechnet, dass ihr Mann in dieser Nacht sterben würde.

Die Ärztin griff nach der Kurve und notierte darin die Ergebnisse der Leichenschau. »Ich muss den Totenschein schreiben...« Mit einem letzten Blick auf Herrn John, der in seinem Bett lag und so aussah, als schliefe er, verließ sie das Zimmer. Sie folgte Lisa in das Schwesternzimmer, griff im Regal gezielt nach einem Totenschein und setzte sich seufzend an den Schreibtisch. »Lisa, kannst du mir den Personalausweis von Herrn John raussuchen?« Bereits im Studium hatte die Ärztin gelernt, dass sie als letzten Dienst am Patienten den Totenschein auszufüllen hatte, jedoch nur, wenn ein Ausweisdokument vorlag, das bestätigte, dass es sich bei dem Toten tatsächlich um die Person handelte, deren Personalien sie in das amtliche Dokument eintrug. Ansonsten war von Urkundenfälschung die Rede. *Was für ein Schwachsinn.* Die meisten älteren Patienten waren auf ihren Passbildern in den Ausweisen überhaupt nicht wieder zu erkennen. Die Ähnlichkeit der Person mit dem Bild konnte man häufig nur erraten. Aber Vorschrift war Vorschrift.

Wortlos griff sie nach dem Ausweis, den Lisa neben die Computertastatur auf den

Schreibtisch gelegt hatte und trug die Personalien in den Totenschein ein. Bei dem Feld, in das die Todesursache einzutragen war, stocke sie. Was eintragen?

Der Mann war bis auf seine Herzinsuffizienz und einen Kreuzbandriss gesund. Die Herzerkrankung war mit einem Defibrillator gut behandelt. Das zeigten zumindest die Laborwerte. *Vielleicht wäre es das Beste, wenn ich als Todesursache unklar eintrage. Dann kann der Staatsanwalt darüber entscheiden, ob eine Obduktion nötig ist.*

Müde unterschrieb Constanze den Schein, stempelte sowohl das Original als auch den Durchschlag und sah auf die Uhr. Zwanzig vor Sieben, bald kommen die Kollegen, und dieser anstrengende Dienst hat sein Ende. Zuvor musste sie aber noch die Ehefrau des Verstorbenen anrufen. Was sollte sie nur sagen? Sie atmete tief ein und griff nach dem Telefonhörer.

Pathologische Befunde

»Das ist eigenartig.« Constanze sah von dem Blatt, das sie in den Händen hielt, auf.

»Was gibt´s?« Julian schaute, alarmiert von dem Unterton, zu seiner Kollegin. Sie sah blass aus, doch wieso auch nicht? Sechs bis acht 24-Stunden-Dienste im Monat sorgten dafür, dass man das Tageslicht nicht so häufig zu Gesicht bekam, geschweige denn ein paar Sonnenstrahlen. Dennoch wirkte ihr Teint im Kontrast zu ihren schwarzen Haaren irgendwie gespenstisch. Die dunklen Augenringe verstärkten diesen Effekt.

»Sieh dir das an!« Aufgeregt hielt Constanze Julian ein Papier hin.

Er las die Befunde aus der Pathologie. »Ah, die Obduktionsbefunde von Herrn John...« Aufmerksam studierte er die Ergebnisse. »Ja, du hast recht. Das ist in der Tat merkwürdig. Wir sollten einen Kardiologen fragen, was er dazu sagt. Hast du gesehen, dass der Pathologe die Befunde an den Staatanwalt weitergeleitet hat?«

»Ist doch logisch! Er hat schließlich auch die Obduktion angeordnet. Aber ich denke, er wird die Akten aus der Klinik anfordern.« Gedankenverloren zwirbelte sie das Ende ihres Zopfes um den Finger. Dies tat sie immer, wenn sie nachdachte oder nervös war. »Vielleicht fragen wir Johann, was er dazu sagt.«

Johann Freitag, Oberarzt in der kardiologischen Abteilung, war der Arzt, den man ansprechen musste, wenn es ein Problem zu klären gab. Er schien ein wandelndes Lexikon zu sein, denn es gab nichts, das er nicht wusste. Außerdem hatte Constanze ihn, im Gegensatz zu manch anderen Kollegen, noch nie unfreundlich erlebt.

Julian stimmte ihr zu. »Lass ihn uns anrufen, vielleicht hat er nach der Mittagspause ein paar Minuten Zeit für uns.« Er legte den Befund in die Ablage und wählte die Nummer von Doktor Freitag. »Hallo Johann, passt es gerade? Klar, ich warte ...« Er hielt die Sprechmuschel des Telefonhörers zu und wandte sich an Constanze. »Er bringt noch sein Echo zu Ende, hat was von zwei Minuten gesagt.«

Die junge Assistenzärztin betrachtete ihren Kollegen. Wie immer spielte ein schelmisches Grinsen um seine weichen, fast weiblich wirkenden Lippen, während er darauf wartete, dass der Kardiologe sich am anderen Ende der Telefonleitung wieder meldete. Eine Strähne seiner kupferroten Haare ragte ihm in die hohe Stirn. In Abständen strich er die Haarsträhne nach hinten, jedoch nicht mit viel Erfolg. Ein Kranz feiner Fältchen umrandete jedes seiner Augen. Julian war schon seit 15 Jahren in der Klinik, hatte es aber immer noch nicht geschafft, seine Facharztprüfung abzulegen. Er war nicht verheiratet und hatte auch sonst keine

Verpflichtungen. Niemand zwang ihn also, die Karriereleiter steil nach oben zu klettern. Er verbrachte den größten Teil der Freizeit damit, mit seiner Band quer durch das Land zu touren und einen Gig nach dem anderen abzuliefern. Wer hatte da schon Zeit, für eine dämliche Prüfung zu lernen?

Constanze grinste bei dem Gedanken an ihre Gespräche über Lernen, Ehrgeiz und Prüfungen. Sie sah das Ganze nicht so locker und wollte so schnell wie möglich Fachärztin werden, eine Tatsache, mit der Julian sie des Öfteren aufzog. Sprüche wie »Ehrgeiz macht Falten« und »Sorgen machen hässlich« standen auf der Tagesordnung. Dennoch war Constanze froh, einen so außergewöhnlichen Kollegen an ihrer Seite zu haben. Mit seiner humorvollen Art sorgte er dafür, dass sie trotz der vielen Strapazen, die ihr vor allem auch die Dienste abverlangten, gern an die Arbeit kam.

Scheinbar hatte Doktor Freitag seine Untersuchung beendet, denn Julian lauschte wieder aufmerksam auf die Stimme im Telefonhörer. »Wir haben vorige Woche einen Mann obduzieren lassen und heute die Befunde bekommen. Als Todesursache beschreibt der Pathologe einen plötzlichen Herztod. Der Mann hatte einen Defibrillator, der das eigentlich verhindern sollte.« Er grinste über beide Ohren. »Ja?... Das wäre echt toll! ... In fünf Minuten?...

Bei uns im Arztzimmer?... Gut, bis gleich.« Nachdem er aufgelegt hatte, drehte er sich zwei Mal mit dem Bürostuhl um die eigene Achse. Dann sprang er auf und lief in Richtung Tür. »Er kommt in fünf Minuten. Ich hole uns Kaffee.« Und schon war er verschwunden.

Kaffee stellte täglich eine lebensrettende Maßnahme dar. Ohne das aufmunternde Getränk würde Constanze wahrscheinlich schon nach wenigen Stunden ihren Kopf rhythmisch gegen irgendeine feste Oberfläche schlagen, nur um munter zu bleiben und klare Gedanken fassen zu können.

Julian traf gleichzeitig mit Doktor Freitag im Arztzimmer ein. Er drückte dem Kardiologen eine der Tassen, die er jonglierte, ohne einen Tropfen zu verschütten, in die Hand. Die andere hielt er Constanze entgegen. »Prost Kaffee, meine Lieben!« Er trank einen Schluck und schloss genüsslich die Augen. Dann ließ er sich auf den Bürostuhl fallen, griff nach dem Befund aus der Pathologie und reichte ihn an Johann Freitag weiter.

Der Oberarzt las den Bericht, hob in Abständen die rechte Augenbraue und knurrte vor sich hin. Als er fertig war, sah er von Julian zu Constanze und wieder zurück. »Ihr habt recht, da stimmt etwas ganz und gar nicht. Die Histologie des Herzmuskels zeigt massive

Zellschäden in den Bereichen, wo die Elektroden befestigt waren. Der Defibrillator muss also ausgelöst haben und das nicht nur einmal. Sowas habe ich noch nie gesehen. Wurde das Aggregat ausgelesen? Davon steht hier nichts.« Fragend sah Johann Freitag zu Julian.

»Ich frage mal im Sekretariat nach, ob der Befund schon da ist.« Constanze griff eilig zum Telefonhörer und wählte die Nummer vom Chefarztsekretariat. »Hallo, Frau Klaus. Ich habe eine Riesenbitte. Könnten sie mal nachsehen, ob der Befund vom Auslesen eines Schrittmachers für einen Herrn Franz John schon in der Post ist? Das ist sehr wichtig... Danke, ich warte gern.« Sie sah zu ihren Kollegen, die scheinbar anhand ihres Gesichtsausdrucks zu erraten versuchten, was die Sekretärin geantwortet hatte. Schmunzelnd verdrehte sie die Augen. »Sie sieht nach«, erklärte sie den beiden. Dann lauschte sie erwartungsvoll auf die Stimme der Sekretärin. Im Hintergrund hörte sie das Rascheln von Papier, dann ein Kratzen im Hörer, das sie zusammenfahren ließ. »... ja? ... Super! Könnten sie den Befund auf das Stationsfax schicken? ... Dankeschön!«

Julian sprang auf. »Bleib sitzen, ich hole das Fax!«

Constanze sah Julian nach, wie er das

Arztzimmer verließ. Dann beugte sie sich wieder über ihre Kaffeetasse und beobachtete den Oberarzt der Kardiologie aus den Augenwinkeln, wie er nochmal den pathologischen Bericht las und darüber immer wieder den Kopf schüttelte, so als könne er nicht glauben, was dort geschrieben stand. Er sah erst auf, als Julian mit dem Blatt in der Hand zurückkehrte.

»Hier, du bist der Fachmann.« Er drückte Johann das Fax in die Hand und wartete, ungeduldig und rhythmisch mit den Fingern auf die Schreibtischplatte klopfend, darauf, wie der Kardiologe den Befund interpretierte. Er hörte schlagartig mit dem Trommeln auf, als er den Gesichtsausdruck des Mannes sah.

»Das glaube ich nicht.« Wieder und wieder überflog Doktor Freitag den Text. »Das kann nicht wahr sein.«

»Jetzt sag schon! Was ist los?« Julian zog dem Kollegen das Papier aus der Hand, weil dieser scheinbar die Sprache verloren hatte, und begann selbst zu lesen. »Das gibt´s doch nicht!«

Während die beiden Männer erschrockene Blicke austauschten, bekam Constanze ein flaues Gefühl im Magen. »Leute, das ist jetzt nicht euer Ernst. Würde mir mal einer verraten, was zur Hölle hier los ist?«

Doktor Freitag hatte sich als Erster wieder im Griff. »Wie es scheint, hat der Defibrillator deinen Patienten getötet.«

Constanze spürte förmlich, wie ihr das Blut aus dem Gesicht wich. »Wie soll das denn gehen? Das Ding soll doch die Menschen retten.«

Julian schnaubte. »So ist es. Aber das Teil war wohl defekt. Siehst du hier?« Er hielt ihr den EKG-Streifen entgegen, der die letzten Momente im Leben von Herrn John dokumentiert hatte.

»Das ist ein ganz normaler Sinusrhythmus... bis hierher.« Sie deutete auf den Punkt, an dem der Defibrillator eine Aktion zeigte, dann folgte eine längere Pause, bevor erneut für wenige Sekunden der normale Rhythmus des Herzens einsetzte, um kurz darauf wieder durch einen Reiz des Defibrillators unterbrochen zu werden. Die Reize häuften sich, während die Phasen zwischen den Impulsen immer kürzer wurden, bis zu dem Moment, an dem keine Herzaktion mehr zu sehen war. »Hier ... 2.48 Uhr! Zu diesem Zeitpunkt ist Herr John gestorben. Das stimmt auch mit meinen Befunden der Leichenschau überein. Als mich Schwester Lisa gerufen hatte, war es kurz nach Fünf. Ich war zu dem Ergebnis gekommen, dass der Mann ungefähr zwei Stunden zuvor gestorben sein musste. Aber was heißt das jetzt?«

»Dass der Defi deinen Patienten getötet hat. Er hatte keinen Grund, einen Schock abzugeben. Wie du siehst, hatte Herr John einen vollkommen normalen Rhythmus.« Er deutete auf den Punkt, bevor das Gerät seine Fehlfunktion hatte. »Sieh mal nach, wann es das letzte Mal ausgelesen wurde!«

Constanze klickte sich im Computer durch die Krankenakte des Patienten. »Hier steht es ... vor drei Monaten. Da war mit dem Defibrillator alles in Ordnung. Die Batterie sollte noch wenigstens zwei Jahre halten. Das ist ja wirklich sehr ...«

»Eigenartig« beendete Julian ihren Satz.

Die zweite Tote

Julian stand am Bett der alten Dame, die er vor drei Stunden mit einer neuen Hüfte versorgt hatte. »Haben sie Schmerzen, Frau Jansen?«
Noch etwas benommen schüttelte die Frau den Kopf. Beim Versuch zu sprechen, musste sie husten. Sie drehte den Kopf in Richtung Nachttisch, auf dem ihr Trinken stand.
Julian konnte die Gedankengänge seiner Patientin nachvollziehen. »In etwa einer Stunde dürfen sie wieder etwas trinken. Im Moment mache ich mir Sorgen, dass sie sich verschlucken könnten. Eine Lungenentzündung ist das Letzte, was sie jetzt gebrauchen können. Ich habe ihnen eine Infusion angeschlossen, damit das Durstgefühl nicht übermächtig wird.« Dann legte er ihr den Klingelknopf in die Hand. »Wenn sie irgendetwas brauchen sollten oder Schmerzen haben, dann klingeln sie! In Ordnung?«
Frau Jansen fielen die Augen zu, bevor sie antworten konnte. Mit 84 Jahren stand ihr das auch zu. So eine Hüft-OP war schließlich ein großer Eingriff. In Gedanken schon bei der nächsten Operation verließ Julian das Zimmer. Zuvor wollte er sich mit einem Snack stärken. Ein Bein während einer zwei- bis dreistündigen Operation dauerhaft nach oben zu halten, war anstrengend und schweißtreibend. Er lief ins

Schwesternzimmer, goss sich einen Kaffee in die Tasse und griff im Vorbeigehen nach einer Praline aus der Schachtel auf dem Tisch. Es gab immer dankbare Angehörige, die sich mit Kaffee oder Pralinen erkenntlich zeigen wollten. Das war der Figur freilich nicht zuträglich. Er hatte, seit den 12 Jahren, die er auf dieser Station arbeitete, wenigstens zehn Kilo zugenommen. Die feuchtfröhlichen Auftritte mit seiner Band sorgten ebenfalls dafür, dass sein Bauchumfang allmählich zunahm. *Ich muss Sport machen,* schoss es ihm nicht zum ersten Mal durch den Kopf. *Nur wann?*

Das schrille Klingeln des Monitoralarms riss ihn aus den Gedanken. Er war eigentlich schon auf dem Weg ins Arztzimmer, um einen Müsliriegel zu verspeisen, als der Krach losschlug. Das System übertrug die Daten auf die Anzeige auf dem Flur. Hier konnte Julian sofort sehen, dass es im Zimmer fünf ein Problem gab. *Frau Jansen...*

Hastig stellte der Arzt seine Kaffeetasse auf die nächstbeste freie Oberfläche und rannte in das Patientenzimmer der alten Dame. Mit einem Blick auf den Monitor am Bett erkannte er ein Kammerflimmern. Der Defibrillator, den die Frau vor einigen Jahren implantiert bekommen hatte, versuchte, die Rhythmusstörung in den Griff zu kriegen. Nach wenigen Sekunden zeigte die EKG-Kurve wieder einen normalen

Sinusrhythmus an. Julian wollte schon aufatmen, als er sah, dass das Gerät erneut einen Schock abgab und das Kammerflimmern damit auslöste. *Was geht denn hier? Das kann doch nicht ...*

Schwester Julia war ihm in das Zimmer der alten Dame gefolgt. »Ich habe das Reanimationsteam verständigt. Die werden sicher gleich da sein.« Beunruhigt sah sie vom Monitor zum Doktor.

»Okay. Machen sie eine Kurzinfusion mit 300 Milligramm Amiodaron fertig! Schnell!« Julian zog sich den Kittel aus. Er überprüfte den Puls, zählte die Frequenz und verglich sie mit der Anzeige auf dem Monitor. *Scheiße!* Blitzartig schoss ihm die Erste-Hilfe-Maßnahme ein, die er im Studium für ein beobachtetes Kammerflimmern gelernt hatte: *Präkordialer Faustschlag!* Er ballte die Faust und hieb der alten Frau kräftig auf den Brustkorb.

Wie durch ein Wunder sprang der Rhythmus wieder um. Schwitzend trat er einen Moment vom Bett zurück und betrachtete weiterhin die Pulskurve auf dem Bildschirm. Erneut gab der Defibrillator einen Schock ab und löste damit ein Kammerflimmern aus. *Das gibt´s doch nicht! Was soll denn der Scheiß?* Julian fühlte sich so hilflos wie noch nie in seinem Leben. *Das ist doch alles falsch, der Defi soll das Kammerflimmern doch unterbrechen!*

Erleichtert sah er, wie Schwester Julia mit der Kurzinfusion zurückkam. Er schloss den Schlauch an den Venenzugang an, drehte das Rädchen am Infusionssystem auf und sah zu, wie das Medikament in die Tropfkammer floss. Es dauerte eine Weile, bis die Wirkung sichtbar wurde.

In der Zwischenzeit war auch das Reanimationsteam eingetroffen. Julian übergab dem Intensivmediziner in aller Kürze die Krankengeschichte. Als er die Fehlfunktion des Defibrillators beschrieb, verzog der Kollege ungläubig das Gesicht, schluckte aber einen bissigen Kommentar herunter, als er mit eigenen Augen mit ansehen musste, wie der inzwischen durch das Amiodaron verlangsamte Herzschlag durch einen Schock des Defibrillators erneut ein Kammerflimmern auslöste. »Junge, das gibt´s doch nicht!«

Das »Sag ich doch!« lag Julian schon auf der Zunge, aber auch er bewies Professionalität, indem er sich auf die Unterlippe bis und den Satz stecken ließ. Er trat zur Seite und überließ dem Reanimationsteam die Arbeit. Besorgt beobachtete er die Kollegen, wie sie alles Menschenmögliche taten, um die alte Dame zu retten. Nach einer dreiviertel Stunde gaben sie den Kampf jedoch auf. »Zeitpunkt des Todes: 13.27 Uhr.«

Der Intensivmediziner trat auf Julian zu und

legte ihm tröstend die Hand auf die Schulter. »Kopf hoch, Mann! Wir können sie nicht alle retten.«

Wie oft hatte Julian diesen blöden Spruch schon gehört? Es mochte ja ein wenig Wahrheit darin stecken, doch wofür war er Arzt geworden? Um eben genau das zu verhindern. Er hatte nach all den Jahren seinen Optimismus nicht verloren und kämpfte um jeden einzelnen Patienten. Manchmal siegte der Tod, was zugegeben auch hin und wieder ein Segen für den Kranken war. Die moderne Medizin vermochte zwar viel, aber nicht um jeden Preis. Aber das hier fühlte sich absolut falsch an. Jede Faser seines Körpers weigerte sich, den Tod der alten Dame so einfach hinzunehmen. »Der Defibrillator war defekt.«

»Sowas kommt vor. Machen sie eine Meldung an die Firma, die ihn hergestellt hat.« An sein Team gewandt fuhr er fort. »Das war´s, Leute. Packen wir ein!«

Wie kann der Kerl nur so abgebrüht sein? Der Alarmton des Monitors, der nach wie vor eine Nulllinie im EKG anzeigte, schien den Arzt zu verhöhnen. Wütend schaltete Julian das Gerät aus. Schweigsam befreite er gemeinsam mit der Schwester die alte Frau von den Klebeelektroden, dem Venenzugang und dem Blasenkatheter. Das war jetzt alles nicht mehr nötig. Als er die letzte Elektrode von der Haut von Frau Jansen abzog, fiel ihm die Narbe an der Brustwand auf, die das Einpflanzen des Defibrillators vor einigen Jahren hinterlassen hatte. *Der Defi ..., ja der Defi!* Er musste nachsehen, von welcher Firma das Gerät stammte. Vielleicht gab es ja ein generelles Problem beim Hersteller. Eilig stürmte er aus dem Patientenzimmer, griff im Vorbeigehen die Kaffeetasse, deren Inhalt in der Zwischenzeit kalt geworden war, und suchte sich den nächstbesten Computer.

»Hey, Julian, was gibt´s?« Constanze sah ihrem Kollegen, der gerade an ihr vorbeigerannt war, ohne sie zu beachten, verwundert nach. Als sie Schwester Julia aus dem Zimmer von Frau Jansen kommen und ihre traurige Miene sah, wusste sie, dass etwas passiert sein musste. Eilig folgte sie Julian ins Arztzimmer. Ihr Kollege klickte ungeduldig mit der Maus herum. Die Assistenzärztin sah, wie sich nacheinander auf dem Bildschirm Fenster öffneten und wieder schlossen. »Kannst du mir sagen, wonach du suchst? Vielleicht kann ich ja helfen.«

Julian, der gar nicht mitbekommen hatte, dass seine Kollegin ins Arztzimmer gekommen war, sah verwundert auf. »Ach, du bist´s.« Dann verschmolz sein Blick wieder mit dem Monitor.

Nun, es war nicht das erste Mal, das Constanze ignoriert wurde. Schulterzuckend schob sie sich einen Drehstuhl neben seinen und schaute ihm über die Schulter. Gemeinsam mit Julian las sie die Formulare, die dieser geöffnet hatte bis, bis zu dem Moment, als der Arzt einen Triumphschrei ausstieß und hektisch mit der Kulispitze auf den Monitor tippte. »Siehst du? Ich hab´s doch gewusst!«

»Ich verstehe nur Bahnhof.« Dass sie immer noch nicht Bescheid wusste, ärgerte Constanze mittlerweile. Sie knuffte Julian in den Biceps. »Hallo? Erde an Schlaumeier!«

»Aua!« Verwundert zog er den Arm aus der Reichweite seiner Kollegin.

»Kannst du mich mal aufklären, was hier los ist?«

»Der Defi, es ist der Gleiche!« Ein Strahlen huschte über Julians Gesicht. Er sah aus, als hätte er den Heiligen Gral gefunden.

»Welcher Defi?« Langsam nervte der Mann.

»Der von Frau Jansen. Es ist der Gleiche wie der von Herrn John.« Kurz berichtete Julian von den Ereignissen der letzten Stunde.

»Die arme Frau!« Constanze war erschüttert. »Bist du dir auch ganz sicher?«

Wieder tippte Julian mit dem Kuli auf den Monitor. »Hier steht es. Der Defibrillator stammt von der Firma KARDIOPULS, genau wie der von deinem Patienten.«

»Das müssen wir melden. Wenn es einen Produktionsfehler bei den Geräten gibt, dann sind noch mehr Patienten in Gefahr.«

Julian stimmte ihr nickend zu. »Ja, aber der Staatsanwalt muss auch informiert werden, denn dann sind beide Sterbefälle durch die Firma verursacht. Am besten, ich rufe erstmal unseren Chef und dann bei der Polizei an und melde den nicht natürlichen Tod der alten Dame.« Er kratzte sich am Kopf. »Eins kann ich dir sagen. Das riecht ganz gewaltig nach Ärger.«

Polizeiliche Ermittlungen

»Sie müssen draußen warten!« Eine Polizistin in Uniform stand vor dem Patientenzimmer der toten Frau Jansen.

»Was soll denn das? Ich muss doch die zweite Leichenschau machen.« Verärgert trat Julian einen Schritt zurück, da die Frau keinerlei Anstalten machte, zur Seite zu treten.

»Hören sie, junger Mann, ich mache hier nur meinen Job.«

Der Arzt schnaubte. »Wenn ich das schon höre. Was glauben sie denn, was ich hier tue?« Wütend funkelte Julian die Beamtin an.

Mit unbewegter Miene starrte sie zurück. »Das tut nichts zur Sache. Ich bleibe hier stehen, bis die Kollegen der Kriminalpolizei hier eintreffen. Ein Forensiker wird das Team begleiten, der sehr wahrscheinlich froh darüber sein wird, den Tatort unangetastet vorzufinden.« Sie straffte den Rücken und zog die Schultern noch ein Stück nach hinten, eine Körpersprache, die die Entschlossenheit ihrer Worte noch unterstrich.

»Tatort? Was glauben sie denn, wo sie hier sind? In einer der Crimeserien, die derzeit im Fernsehen hoch und runter laufen? Und außerdem gäbe es hier gar nichts zu untersuchen, wenn ich sie nicht angerufen hätte!«

»Jetzt machen sie es mir doch nicht so schwer,

junger...«

»... das junger Mann können sie stecken lassen. Wahrscheinlich bin ich bald doppelt so alt wie sie.«

Constanze, die interessiert die Szene vor ihren Augen verfolgt hatte, zog ihren Kollegen zur Seite. »Jetzt übertreibst du aber. Komm schon, lass die Frau ihre Arbeit machen. Wir warten im Arztzimmer auf die Kripo.« Flüsternd fügte sie hinzu. »Du kannst sie ja damit bestrafen, dass du ihr keinen Kaffee anbietest.«

Knurrend ließ sich Julian am Arm zum Arztzimmer führen. »Ich kann es nicht leiden, wenn jemand junger Mann zu mir sagt. Ich bin Doktor der Medizin und kein junger Mann, verdammt nochmal!«

Genervt verdrehte Constanze die Augen. »Jetzt lass es gut sein. Lass uns lieber alle Unterlagen raussuchen. Die Kriminalpolizei wird bestimmt einen Gerichtsbeschluss mitbringen, der uns zur Aktenherausgabe zwingt. Ich bin, ehrlich gesagt, froh, dass wir den Fehler entdeckt haben. Nicht vorzustellen, dass möglicherweise noch mehr Menschen mit defekten Defibrillatoren rumlaufen.«

Noch immer ganz Miesepeter stand ihr Kollege schmollend an der Fensterfront und beobachtete das Treiben vor dem Krankenhaus.

Constanze beobachtete ihn nicht ohne einen

Anflug von Humor. *Junger Mann trifft es nicht mal annähernd, eher Kindskopf oder so.* Kopfschüttelnd verließ sie das Zimmer. »Ich hole uns Kaffee, vielleicht hebt das ja deine Laune.«

Als sie mit den Tassen zurückkehrte, saß Julian am Computer. Sie hielt ihm das dampfende Getränk entgegen, und er nahm es dankbar an.
»Guck mal hier! Die Seriennummer kann man nicht der gleichen Marge zuordnen. Das Problem ist wahrscheinlich weitreichender, als uns bisher bewusst war. Das Modell ist jedoch dasselbe. Ich bin ja mal gespannt, wie die Leute von KARDIOPULS die defekten Geräte ausmachen wollen.«
Schweigend tranken die beiden ihren Kaffee und hingen ihren Gedanken nach. Eigentlich hatten sie schon längst Feierabend, aber es zog keinen von ihnen nach Hause. Wahrscheinlich würden sie sowieso eine Aussage machen müssen, weshalb es vernünftiger erschien, hier zu warten.
Nun hielt es Constanze nicht mehr auf ihrem Platz. »Wir sollten uns was zu Essen in der Cafeteria holen, solange sie noch geöffnet ist. Wer weiß, wie lange wir heute hier sein werden.«
»Jepp, du hast recht. Mir knurrt auch schon der Magen. Eigentlich wollte ich vorhin einen

Müsliriegel essen, aber da ist die Reanimation dazwischen gekommen.«
»Scheißtag, oder?«
»Das kannst du laut sagen.«

Als die beiden zurückkamen, herrschte auf dem Stationsflur hektische Betriebsamkeit. Wie es aussah, war die Kripo endlich da. Zwei Beamte sprachen gerade mit dem Chefarzt der Unfallchirurgie. Constanze und Julian hatten ihn informiert, nachdem Frau Jansen gestorben war.
Die junge Assistenzärztin musterte ihn eindringlich. Wie er da so stand mit seinen beinahe zwei Metern Körpergröße, braungebrannt, muskulös und durchtrainiert, mit sorgfältig polierter Glatze, lässig gegen den Türrahmen zum Schwesternzimmer gelehnt, wirkte er nicht im Geringsten angespannt oder irritiert. Vielmehr beantwortete er völlig unbeeindruckt alle Fragen der Polizisten.
»Ah, da sind sie ja! Meine Herren, das sind Frau Doktor Herzsprung und Doktor Helbing. Sie sind gern bereit, ihre Fragen zu beantworten.«
Der kleinere der Polizeibeamten musterte Constanze über den Rand seiner Hornbrille. »Herzsprung? ... wie passend!« Dabei grinste er, amüsiert über seinen eigenen Witz, über beide Ohren.
Wie oft hatte sie diesen idiotischen Spruch

schon gehört. Vielleicht hatte sie deshalb auch nicht das Fach Kardiologie für die Ausbildung zur Fachärztin gewählt, obwohl dieses durchaus seinen Reiz gehabt hätte. Aber noch mehr solcher geistloser Floskeln und das womöglich an jedem Arbeitstag hätte sie mit Gewissheit nicht ertragen können. Hinzu kam, dass sie wegen ihres weiblichen Geschlechts, des jugendlichen Aussehens und einer Körpergröße von nur 1,54 Meter oft nicht als Ärztin für voll genommen wurde. Sie lächelte den Polizisten schief an und verkniff sich eine bissige Bemerkung.

Julian funkelte die Polizisten herausfordernd an. »Wie können wir ihnen also helfen, meine Herren? Ich möchte schnellstmöglich nach Hause.«

Was ist denn in den gefahren? Vorhin schon dieser Auftritt mit der Beamtin vor dem Patientenzimmer und jetzt das. Constanze räusperte sich und zog so die Aufmerksamkeit der Männer wieder auf sich. »Wir haben die Akten der beiden Fälle bereits herausgesucht. Herr John ist in der vergangenen Woche gestorben. Die Obduktion war durch den Staatsanwalt angeordnet worden.«

»Nun mal langsam mit den jungen Pferden. Wir sind hier, um das Zimmer der alten Dame zu untersuchen. Der Gerichtsmediziner soll die zweite Leichenschau durchführen. Das Ganze wird von unserem Fotografen dokumentiert. Der Staatsanwalt hat bereits mit meinem Vorgesetzten telefoniert und verfügt, dass die Leiche obduziert werden soll, eine gerichtliche Anordnung, wenn sie verstehen, was ich meine.« Der kleinere der Beamten grinste Constanze überheblich an, sodass sie nur mit Mühe und Not ein Augenverdrehen unterdrücken konnte.

»Wenn sie sich meiner Kollegin gegenüber weiterhin so arrogant und herablassend verhalten, werden ich dafür sorgen, dass ein Verfahren wegen Amtsanmaßung gegen sie eingeleitet wird.« Julians Gesicht nahm die Farbe einer Tomate an.

Abwehrend hob der Polizist die Hände und trat einen Schritt zurück. »Hoppla! Hier kennt sich aber einer aus. Lassen sie es gut sein, ich wollte der Frau Doktor nicht zu nahe treten.«

Während Constanze darauf wartete, dass ihr Chef einschritt, konnte sie jedoch nur ein amüsiertes Aufflackern in dessen Augen erkennen. *Das kann doch nicht wahr sein, der genießt die Show!* Ungläubig schüttelte sie den Kopf. »Meine Herren. Ich versichere ihnen, dass ich ihre Professionalität zu schätzen weiß.« Mit einem vielsagenden Seitenblick auf Julian, der ausdrücken sollte, dass er sich jetzt gefälligst zusammenreißen soll, fuhr sie fort. »Benötigen sie außer den Akten und dem Freiraum für die

Fotos noch irgendetwas?«

Der größere der Polizeibeamten, der genau wie Constanzes Chef, ein gutes Schauspiel zu genießen schien, schüttelte lächelnd den Kopf. »Nein, vielen Dank! Sollten wir noch Fragen haben, werden wir uns an sie wenden. Sie sollten allerdings damit rechnen, dass man sie für eine Aussage in die Polizeiinspektion bitten wird ... reine Formsache.«

Als die Beamten die Station verlassen hatten, stellte Constanze ihren Kollegen zur Rede. »Sag mal, welche Laus ist dir denn über die Leber gelaufen? So unbeherrscht habe ich dich ja noch nie erlebt!«

Wütend schwenkte er den Filtereinsatz der Kaffeemaschine zurück, nahm die durchgeweichte Tüte mit dem Kaffeesatz heraus und warf sie in den Müll.

»Komm schon, erzähl! Ich werde dich ja doch so lange löchern, bis du mit der Story rausrückst.«

Genervt funkelte Julian sie an. »Was gibts da groß zu erzählen? Mein Vater war Bulle und hat mich und meine Mutter verlassen, als ich vier war.«

»Verstehe.«

Julian zog die Augenbraue nach oben. »Wirklich?« Der Unterton in diesem einen Wort triefte vor Sarkasmus.

Weitere Opfer

Am Montagmorgen in der Frühbesprechung herrschte große Aufregung. Am Wochenende waren zwei Patienten in der Klinik gestorben, einer in der Kardiologie und einer in der Urologie. Beide fand man morgens tot in ihren Betten.

Die merkwürdigen Todesumstände der unfallchirurgischen Patienten mit Defibrillatoren hatten sich in dem kleinen Krankenhaus wie ein Lauffeuer herumgesprochen. Weil ihre Toten ebenfalls Träger solcher Schrittmacher waren, wurden die Kollegen hellhörig. Der ärztliche Direktor verbrachte das ganze Wochenende in der Klinik, um die Sachverhalte zu klären, der Polizei Auskunft zu geben und die Presse in Schach zu halten, die irgendwie von den Ereignissen Wind bekommen hatte. Die Telefone standen nicht mehr still.

Roland Wunderlich, der Chefarzt der Unfallchirurgie, wirkte auch nicht mehr so gelassen wie noch am Freitag zuvor. »Nach den Ereignissen am Wochenende hat der ärztliche Direktor in Absprache mit den Kardiologen eine Verfahrensanweisung herausgegeben, wonach sämtliche Patienten, die einen Defi implantiert bekommen haben und in der Ambulanz vorstellig werden, selbst wenn sie nur einen

Splitter unterm Zehnagel haben, ihre Defibrillatoren ausgelesen bekommen sollen. Ferner ist zu prüfen, ob es sich bei den Geräten um solche handelt, die von der Firma KARDIOPULS hergestellt wurden. In diesem Fall sei sofort eine Meldung an den Medizinproduktehersteller zu machen und gleichzeitig an die Staatsanwaltschaft, die sich mit den vier Todesfällen beschäftigt.« Er wischte sich die Schweißperlen von der Stirn. »Habt ihr sowas schon mal erlebt?« Er schüttelte den Kopf und beantwortete sich seine rhetorische Frage selbst. »Heilige Scheiße, da wird eine Klagewelle auf uns und den Hersteller zurollen. Darauf könnt ihr Gift nehmen.«

Die beiden neuen Opfer sollten den ganzen Tag für Gesprächsstoff unter den Kollegen sorgen. Constanze versuchte, das mulmige Gefühl in der Magengrube zu ignorieren. Ihre Vorstellungskraft reichte nicht dafür aus, zu verstehen, wie so etwas passieren konnte. Die Firma musste doch ihre Geräte prüfen lassen, schließlich verdiente sie sich mit dem Verkauf eine goldene Nase. Die armen Patienten und ihre Angehörigen.

»Na, was sitzt du hier und grübelst vor dich hin?« Julian biss in einen Apfel.

Constanze sah zu ihm hinüber. Scheinbar hatte er übers Wochenende seine Frohnatur zurückgewonnen. »Ich habe gerade überlegt, was eigentlich hier vorgeht. Hast du davon gehört, dass auch in anderen Krankenhäusern Patienten gestorben sind, die ihre Defis von KARDIOPULS haben?« Sie beobachtete ihren Kollegen, wie er sich am Kopf kratzte und über ihre Frage nachdachte.

»Nicht, dass ich wüsste.« Er zog beim Sinnieren eine eigenartige Grimasse. Dann stutzte er plötzlich und sah so aus, als würde jemand eine Glühbirne über seinem Kopf zum Leuchten bringen. »Was für ein schlaues Mädchen du doch bist! Das da noch kein anderer drauf gekommen ist.«

»Wahrscheinlich sind alle Beteiligten so erschrocken, dass sie noch nicht weiter darüber nachgedacht haben. Es ist jedenfalls sehr eigenartig, dass nur wir mit schadhaften Defibrillatoren beliefert worden sein sollen.«

»Habt ihr zwei irgendetwas Substanzielles beizutragen?« Ungehalten schob der Chefarzt seinen Stuhl zurück und beendete die Frühbesprechung, während Constanze und Julian sich zumindest den Anschein gaben, zerknirscht auszusehen.

»Ich habe heute Bereitschaftsdienst. Langsam kriege ich richtig Angst, was wohl als Nächstes passiert. Ich mag überhaupt keine Patienten mit Defibrillatoren aufnehmen. Da kann man als Arzt nur verlieren.« Constanze konnte ihre

Anspannung kaum noch verbergen.

Julian konnte sie verstehen. Ihm war die Geschichte auch nicht geheuer. »Naja, scheinbar haben die Chefs doch erst einmal eine Lösung gefunden. Wenn die Defis ausgelesen wurden, dann sind wir doch auf der sicheren Seite.« Beklommen stellte er aber fest, dass seine eigenen Worte selbst ihn nicht beruhigen konnten.

»Nein, Frau Doktor, in ihrem Krankenhaus bleibe ich nicht! Hier stirbt man, ich habe es doch in der Zeitung gelesen.« Die aufgebrachte Dame kletterte bereits von der Trage und machte Anstalten, aus der Notaufnahme zu fliehen, als die Retter ihr freundlich aber bestimmt wieder darauf halfen.

»Nun mal gut, Frau Schneider. Die nette Doktorin weiß genau, was sie tut.« Der Retter zwinkerte Constanze zu, der nicht im Geringsten zum Kokettieren zumute war.

Sie atmete tief durch. An dem Verhalten der alten Dame konnte sie eindeutig erkennen, dass auch sie einen Defibrillator trug. *Warum kommen die nur alle bei mir? Das ist doch alles ein Bockmist!* Sie versuchte, sich ihre Verzweiflung nicht anmerken zu lassen. »Liebe Frau Schneider, sie können nicht alles glauben, was in den Zeitungen steht.« Mit beruhigender Stimme redete sie weiter auf die Patientin ein. »Nun sagen sie mir doch erst einmal, welches Problem sie zu mir führt!«

»Nein, das geht sie gar nichts an, ich will in ein anderes Krankenhaus! Hier bleibe ich keine Minute länger!« Abermals schob sie sich von der Trage und wäre beinahe gefallen, als sie mit den Füßen den Boden erreichte.

Schwester Liane aus der Rettungsstelle war sofort bei ihr und hielt sie am Arm, um den Sturz zu verhindern. »Jetzt seien sie doch vernünftig. Sie sagen der Ärztin erst einmal, was ihnen fehlt, und sie versucht ihnen zu helfen. Dann werden wir weiter sehen.«

»Na gut, aber ich bleibe nicht hier.« Sie hielt ihre pflaumenfarbene Handtasche mit beiden Händen umklammert und blinzelte die Ärztin durch ihre dicken Brillengläser ängstlich an.

Constanze rutschte mit ihrem Drehhocker an die Trage heran. »Ich sage ihnen was: Bevor ich irgendeine andere Untersuchung an ihnen durchführe, werde ich ihren Defibrillator auslesen lassen. Dann können sie sich mit eigenen Augen davon überzeugen, dass hier alles mit rechten Dingen zugeht. Danach kümmere ich mich um das Problem, das sie eigentlich zu uns geführt hat. Einverstanden?«

Die Frau, die immer noch wie ein aufgescheuchtes Reh schaute, nickte zögerlich.

»Dann ist das also abgemacht. Ich rufe unseren Kardiologen an, der wird das Gerät untersuchen.« Constanze rollte entnervt wieder zurück an den Schreibtisch. Sie forderte die Untersuchung am Computer an und wählte danach die Nummer der kardiologischen Bereitschaft. »Johannes, du hast Dienst? Da bin ich aber froh. Ich habe hier in der Notaufnahme eine Patientin mit einem Defibrillator. Laut Chefarzt ..., ja genau... In Ordnung, ich bringe sie in die Funktionsdiagnostik.« Lächelnd legte sie den Hörer beiseite und wandt sich wieder ihrer Patientin zu. »Wie ich schon gesagt habe, alles wird gut. Schwester Liane setzt sie jetzt in einen Rollstuhl und ich fahre sie zu meinem Kollegen. Der liest ihr Gerät aus und prüft, ob damit alles in Ordnung ist. Dann schauen wir mal nach ihren Beschwerden.«

Die Patientin wurde umgelagert. Auf dem Weg zur Funktionsdiagnostik erhob Constanze schon mal die Anamnese. Die Frau hatte zuhause Fenster geputzt, obwohl ihre Tochter das nicht möchte, und dafür einen Tritt benutzt. Beim Herabsteigen knickte sie mit dem Fuß um. Der Knöchel sei seitdem auf die doppelte Größe angeschwollen. Nun könne sie gar nicht mehr auftreten.

»Ihre Tochter hat schon recht. In ihrem Alter sollten sie nicht mehr auf Leitern klettern.«

»Aber ich konnte ja nicht mehr durch die Scheiben sehen, so schmutzig wie die waren. Meine Tochter hat gut Reden. Sie kommt einmal im Monat, wenn sie Zeit für ihre alte Mutter findet und dann soll ich sie Fenster putzen lassen?« Frau Schneider schnaubte in ihren Damenbart. »Kommen sie erst einmal in mein Alter, Frau Doktor, dann wissen sie, was ich meine.«

Lächelnd wartete Constanze darauf, dass Johann den Defibrillator auslas. Verblüfft sah sie auf das Display des Computers, der eigens für diesen Zweck bestimmt war.

»Das ist das Auslesegerät.« Er hielt einen großen Knopf nach oben, während er Constanze die Technik erklärte. »Den legt man auf die Haut des Patienten, so wie ich jetzt, und wartet darauf, dass die Daten an den Computer übertragen werden. Siehst du!«

Auf dem Monitor erschien eine EKG-Kurve und Johann bestimmte einige Parameter, um zu testen, ob der Defibrillator auch einwandfrei funktionierte. »Jetzt wollen wir mal die Reizschwelle testen, dafür regele ich die Herzfrequenz des Schrittmachers etwas nach oben. Das könnte etwas unangenehm sein, Frau Schneider.« Er tippte auf dem Touchdisplay herum.

»Huch, Herr Doktor!«

»Das ist gleich vorbei. Nur noch eine Einstellung und dann stelle ich wieder die normale Frequenz von 65 Schlägen pro Minute ein, so wie vorher.« Noch dreimal Tippen und die EKG-Kurve verlangsamte sich wieder. »Alles bestens.« An Constanze gewandt, fuhr er fort. »Sie hat kein Gerät von KARDIOPULS. Es sollten also keinerlei Probleme auftreten.«

Erleichtert atmete die Assistenzärztin auf. »Da bin ich, ehrlich gesagt, mehr als froh. Die letzten Dienste waren aufregend genug.«

»Was heißt das jetzt, Herr Doktor?« Neugierig und mit einem zartrosa Hauch auf ihren Wangen, schmachtete Frau Schneider Johann an.

»Nun, wie ich schon sagte, mit ihrem Defibrillator ist alles in bester Ordnung. Sie können sich also beruhigt in die Hände von Frau Doktor Herzsprung begeben.« Er tauschte einen vielsagenden Blick mit seiner Kollegin und verabschiedete sich von der Patientin.

»Dann wollen wir uns mal um ihren Fuß kümmern. Zunächst werden wir ein Röntgenbild anfordern. Dann sehen wir weiter.«

Schluchzend fand Julian Constanze auf der Treppe zwischen Notfallambulanz und Unfallstation. Liane hatte ihn mitten in der Nacht angerufen und die Situation erklärt.

Constanze bot einen jämmerlichen Anblick. Ihr ganzer Körper bebte. Wortlos setzte er sich neben sie, legte den Arm um ihre Schulter und zog sie zu sich heran. »Lass es raus.«

Sie legte den Kopf an seine Schulter und weinte wie schon lange nicht mehr. »Ich habe es ihr verspro... chen« wiederholte sie immer wieder.

»Was hast du wem versprochen?«

Für einen Moment sah sie auf. Sie verstand nicht, warum er ihr diese Frage stellte. »Frau Schneider. Ich habe ihr geschworen, dass ihr nichts geschehen wird.« Ein weiteres Schluchzen erschütterte ihren Körper. »Ich verstehe das nicht. Es war doch keins der Geräte von KARDIOPULS. Johann hat gesagt, es wäre alles bestens. Und jetzt ist sie tot. Wie kann das denn sein?«

Zärtlich strich Julian ihr über das Haar. »Ich weiß es nicht, Liebes, aber wir finden es heraus.«

Verhaftung

Zwei Tage später saßen Constanze, Julian und Johann zusammen beim Mittagessen. Gemeinsam brüteten sie über dem Rätsel, warum nun auch Frau Schneider gestorben war, obwohl ihr Gerät beim Auslesen keinerlei Defekte anzeigte.

Johann schob sich seine Gabel mit Salat in den Mund und kaute einseitig, während er sprach. »Vielleicht hat sie ja eine Lungenembolie gehabt. Schließlich war ihr Knöchel gebrochen und sie war dadurch immobiler als sonst.«

Aufgeregt schüttelte Constanze den Kopf. »Ich habe ihr eine Thrombosespritze aufgeschrieben. Ich glaube nicht an eine Embolie.«

»Dann bleibt uns nichts, als zu warten, was die Obduktion ergibt. Danach wissen wir mehr.« Julian rückte seinen Stuhl zurück. »Möchte noch jemand einen Kaffee?«

»Einen Latte macchiato bitte!«

»Und ich nehme einen Espresso. Ich habe heute schon wieder Bereitschaft. Diese Sache mit den Defis geht mir langsam an die Nieren. Bis die Dinge geklärt sind, bin ich jeden zweiten Tag Mode.« Johann lehnte sich müde auf seinem Stuhl zurück.

»Das glaube ich dir. Ich habe zwar nicht so häufig Dienste wie du, aber ich habe zwei Patienten verloren, die nicht hätten sterben müssen. Ich kann dir gar nicht sagen, wie unglaublich wütend mich das macht.« Aus dem Augenwinkel nahm Constanze eine Bewegung wahr, die ihr Interesse hervorrief. Beim genauen Hinsehen erkannte sie Frau Klaus, die Chefsekretärin, die mit zwei Männern sprach und in Richtung Cafeteria gestikulierte. Der Ärztin kam es so vor, als würde die Sekretärin auf sie deuten.

Wenig später hielten die beiden Unbekannten tatsächlich auf ihren Tisch zu. Constanze versuchte, das mulmige Gefühl in ihrer Magengegend zu ignorieren, als die Männer auf sie zu traten.

»Frau Doktor Herzsprung und Doktor Freitag?« Johann reagierte zuerst. »Ja. Was können wir für sie tun?« Neugierig musterte er die finster dreinblickenden Herren. Sie waren etwa von gleicher durchschnittlicher Körpergröße, der Ältere trug seine Haare im Seitenscheitel über die darunter liegende Glatze gekämmt, war blass und sah irgendwie krank aus. Die Augen des Jüngeren sprühten vor Eifer und taxierten in jenem Moment Constanze, die dies bemerkte und leicht errötete. Johann schätzte ihn auf Ende Zwanzig bis Anfang dreißig. Seine Muskeln zeugten von regelmäßigen Besuchen im Fitnessstudio. Überhaupt wirkte der Kerl, als würde er seinem Körper übermäßig viel Aufmerksamkeit schenken. Sogar die

Augenbrauen waren gezupft. Das Detail irritierte Johann doch sehr. Dieser metrosexuelle Typ Mann mit gegeltem aschblondem Haar entsprach so gar nicht dem, was der Kardiologe für einen echten Kerl hielt. Vielmehr sah er so aus, als wäre er aus einem Hochglanzmagazin entsprungen, um ein Frauenherz nach dem anderen zu betören. Wie auch immer, die Sekretärin hatte die beiden sogar während ihrer Mittagspause zu ihnen geschickt. Demnach duldete die Angelegenheit keinen Aufschub.

»Ich komme von der Polizeidirektion und möchte ihnen gern meinen Kollegen, Herrn Winkler vorstellen. Er ist digitaler Forensiker und hat einige Fragen zu den Abläufen in der Klinik, vor allem, was den Umgang mit Patienten betrifft, die einen Defibrillator tragen.« Der ältere der Beamten strich sich eine Strähne, die ihm in die hohe Stirn gerutscht war, wieder hinter das gegenüber liegende Ohr. Johann sah sich in der Cafeteria um. Neben dem Personal der Klinik flankierten auch Patienten und Besucher das Restaurant. »Vielleicht sollten wir uns an einen Ort begeben, wo nicht so viel Publikumsverkehr herrscht.« Fragen sah er von dem Älteren der Männer zum Jüngeren. »Wie wäre es mit meinem Zimmer in der Funktionsabteilung? Dort könnte ich ihnen auch die Geräte zeigen, die ich benötige, um die Schrittmacher und Defibrillatoren auszulesen.«

Ein Lächeln huschte über die schmalen Lippen des muskelbepackten Kriminalbeamten. »Eine ausgezeichnete Idee. Darum hätte ich sie sowieso gebeten.« An Constanze gerichtet fuhr er fort. »Frau Doktor Herzsprung, wenn ich sie bitten dürfte, uns zu begleiten.« Als er ihren fragenden Blick auffing, lächelte er breiter. »Soweit ich informiert bin, ist das erste Opfer in ihrem Dienst gestorben. Ich möchte gern alle Details erfahren.«

Julian, der in der Zwischenzeit mit den Getränken zurückgekehrt war, stellte das Tablett mit den Tassen auf den Tisch. Wortlos tauschte er Blicke mit Johann aus, der ihn dann den Kriminalbeamten vorstellte.

Abermals war es der Jüngere, der das Gespräch an sich zog. »Ah, das trifft sich gut. So habe ich alle Ärzte beieinander, mit denen ich heute sprechen wollte. Sollen wir in ihr Zimmer gehen?« Während er auf die Antwort von Johann wartete, erklärte der ältere der Beamten, der sich in der Zwischenzeit als Kurt Vogel vorgestellt hatte, dass er nur noch zwei Kaffee kaufen würde, bevor sie gingen. Dann seien sie alle gleichermaßen »ausgerüstet«, witzelte er.

Während sie gemeinsam ihren Kaffee schlürften, erklärte Johann dem Cyberforensiker die Funktion der Auslesegeräte. »Den Defibrillator von Frau Schneider hatte ich am

Vorabend ihres Todes kontrolliert. Mit dem Gerät war alles bestens. Es war auch keins von KARDIOPULS, was mich und auch Frau Doktor Herzsprung beruhigte. Die anderen Toten waren mit Geräten dieser Firma ausgestattet.«

Constanze nickte. »Deswegen verstehe ich auch nicht, warum die alte Damen gestorben ist.«

»Nun, zum jetzigen Stand unserer Ermittlungen dürfen wir dazu keine genaueren Angaben machen ...«

»... echt jetzt? Das ist doch wohl nicht ihr Ernst! Uns sterben hier reihenweise Menschen unter den Fingern weg, und sie dürfen keine Angaben machen, die uns vielleicht helfen könnten, das zu verhindern?« Constanze baute sich wütend vor Herrn Winkler auf, der sich neben Johann auf einen Hocker gesetzt hatte, um sich das Gerät demonstrieren zu lassen.

»Bevor sie mich so rüde unterbrochen haben, wollte ich eigentlich noch sagen, dass es einen Punkt gibt, der uns stutzig gemacht hat.« Björn Winkler wirkte nicht im Geringsten verärgert. Ganz im Gegenteil, er konnte den temperamentvollen Ausbruch der hübschen Ärztin durchaus nachvollziehen.

»Nun?«

Sie hat also nicht nur Temperament zu bieten, sondern ist auch noch die Ungeduld in Person. Was für eine unglaublich explosive Mischung! »Der Defibrillator von Frau Schneider zeigte beim

Auswerten denselben Fehler an wie die anderen Geräte von KARDIOPULS.«

Jetzt war es Johann Freitag, der ungläubig schaute. »Das kann doch gar nicht sein! Die Systeme funktionieren zwar ähnlich, weisen aber trotzdem Unterschiede auf.«

»Das ist der Punkt. Technisch ist es nämlich überhaupt nicht möglich, diesen Fehler auch auf jenem Gerät des letzten Opfers zu finden. Ich habe mich mit der Software der einzelnen Aggregate befasst. Der Defibrillator der Patientin wurde also von ihnen ausgelesen?« Im Gesicht des Cyberforensikers zeigte sich keine Regung, während er auf die Antwort auf seine Frage wartete.

»Ja, das habe ich ihnen doch schon gesagt. Frau Doktor Herzsprung brachte die Dame in mein Untersuchungszimmer. In ihrem Beisein habe ich den Defibrillator ausgelesen und dabei festgestellt, dass er einwandfrei funktioniert.« Etwas verärgert drehte sich Johann zu dem Monitor um und rief die Untersuchung von Frau Schneider auf. »Hier, sehen sie selbst. Ich habe die Reizschwelle, das Sensing und die Interventionsfrequenzen geprüft. Es war alles in Ordnung.«

»Und wie erklären sie sich, dass die Interventionsfrequenzen eine Stunde, nachdem sie den Defibrillator ausgelesen haben, so hoch programmiert waren, dass das Herz mit 500

Schlägen hätte schlagen müssen, damit der Defibrillator seine Funktion ausübt und einen Schock abgibt?« Während Björn Winkler auf eine Antwort wartete, postierte sich sein Kollege breitbeinig vor die Tür.

Johann wurde kreidebleich. »Was soll das heißen... eine Stunde nachdem ich ... und wieso waren die Grenzen verstellt? Ich verstehe nicht...«

»Warten sie ab, Herr Doktor Freitag, es wird ja noch besser. Nicht nur die oberen Interventionsgrenzen waren verstellt, sondern auch die unteren Grenzfrequenzen, sodass das Gerät einen normalen Rhythmus als pathologisch angesehen hat und einen Schock abgegeben hat.« Mit nach wie vor unveränderter Mimik setzte Björn Winkler sein Verhör fort. »Können sie mir das erklären? Außerdem möchte ich gern wissen, ob ihnen bewusst ist, dass diese Todesfälle einzig in ihrem Krankenhaus aufgetreten sind.«

Der Stress der letzten Tage und Nächte forderte nun seinen Tribut. Dicke Schweißperlen traten auf die Stirn des Kardiologen, sein Herz begann zu rasen und ihm wurde so schwindlig, dass er sich an der Kante des Schreibtischs festhalten musste, um nicht von seinem Hocker zu fallen. »... Also ein Defekt in unserem Ausleseystem?...«

Der Forensiker beugte sich nach vorn. »Das,

oder ...«

»Oder?...«

»... jemand hat mit Absicht die Geräte manipuliert« kam der Kriminalist zum Ende.

Julian und Constanze, die bisher schweigend das Gespräch verfolgt hatten, sahen sich fragend an und waren sprachlos.

Johann, der eigentlich nicht noch blasser hatte werden können, wurde nun kreidebleich. »Und der Jemand soll ich sein?«

»Wer, außer ihnen, bedient sonst hier die Geräte und war an dem besagten Tag sowohl in der Klinik, als auch nachweislich mit dem Auslesen des Defibrillators des Opfers beschäftigt gewesen?«

Constanze meinte, den winzigen Anflug eines Lächelns, nur für Bruchteil einer Sekunde auf dem Gesicht des Beamten erkannt zu haben. Eine Mikrobewegung, sozusagen. *Dieser Scheißkerl hatte von Anfang an den Plan, Johann reinzulegen! Er kann doch nicht ernsthaft glauben, dass ein Arzt mit solch einem ausgezeichneten Ruf Defibrillatoren umprogrammieren und so Menschen töten soll.* Alles in ihr schrie förmlich, dass hier ohne Zweifel ein Missverständnis vorliegt. Aber die verteidigenden Worte kamen nicht über ihre Lippen, so tief saß der Schock über das eben Gehörte.

Johann Freitag wurde von einem plötzlichen Gefühl der Unruhe gepackt, sodass es ihn nicht mehr auf dem Hocker hielt. Er sprang auf und wollte schon loslaufen, als Kurt Vogel seine Haltung korrigierte und sich darauf gefasst machte, den Arzt aufzuhalten. Mitten in der Bewegung hielt er inne und sah fragend zwischen den Kriminalbeamten hin und her. In dem Moment, als Johann die Antwort im Gesicht der beiden Männer zu erkennen meinte, breitete sich bereits die unglaubliche Gewissheit in jeder Faser seines Körpers aus. »Also verhaften sie mich jetzt.«

Letzte Rettung

»Kannst du glauben, was da gerade passiert ist?« Constanze griff mit zittrigen Händen nach ihrer Wasserflasche. Nach der Verhaftung ihres Kollegen hatten sich die beiden Unfallchirurgen in das Arztzimmer ihrer Station zurückgezogen. »Die können doch nicht ernsthaft annehmen, dass Johann Patienten umbringt! Was sollte das denn für einen Sinn machen? Wir sind doch Ärzte, gottverdammt nochmal!«

»Ehrlich gesagt, weiß ich überhaupt nicht mehr, was los ist. Ich komme mir vor wie ein Statist in einem schlechten Horrorstreifen...«

»... ja, wie im falschen Film gelandet.« Vorsichtig löste Constanze ihren Zopfgummi und zerfurchte ihre Mähne mit den Fingern. Sie hatte das Gefühl, dass ihr jedes einzelne Haar am Ansatz wehtat. Alles fühlte sich so unwirklich an. »Was machen wir denn jetzt?«

»Keine Ahnung.« Julian starrte blicklos durch das Fenster.

»Vielleicht sollten wir nach Feierabend zur Polizei fahren. Nie im Leben kann ich glauben, dass Johann Anteil am Tod der Patienten haben soll. Da muss etwas anderes dahinter stecken. Wenn ich nur wüsste, wie wir ihm helfen könnten.«

Julian drehte sich zu ihr und sah ihr ins Gesicht, so als könne er das zuletzt Gesagte, darin ablesen. Ihre langen schwarzen Haare, die ihr in Wellen über die Schulter fielen und das blasse Gesicht umrahmten, glänzten im Neonlicht, das von der Decke strahlte. Bei jeder Bewegung sahen sie so aus, als führten sie ein Eigenleben. *Was für ein Traum von einer Frau,* schoss es ihm durch den Kopf. Im nächsten Moment fiel ihm der Altersunterschied wieder ein, sodass der Gedanke verflog, bevor er ihn zu Ende denken konnte. Wie zur Bekräftigung schüttelte er den Kopf, um auch den letzten Hauch aufkommender Ideen im Keim zu ersticken. *Reiß dich zusammen, Alter, sie ist deine Kollegin. Das gibt nur Stress!*

»… irgendwelche Hinweise finden, die seine Unschuld beweisen.« Sie hob die Augenbrauen. »Sag mal, hörst du mir überhaupt zu?«

»Wie bitte, was?«

»Erde an Julian, bist du noch hier oder wovon träumst du gerade?«

Wenn du wüsstest … »Entschuldige, ich war wohl nicht ganz bei der Sache.« Irgendwie war ein Teil ihrer Worte scheinbar doch in sein Unterbewusstsein vorgedrungen. Es dauerte nur einen Moment, all die vielen Gedanken zu sortieren. »Warte! Hab ich dich richtig verstanden, du willst Beweise finden, die die Unschuld unseres Kardiologenfreundes beweisen?«

»Wieso nicht. Wir müssen es zumindest

versuchen.« Auf ihrem Gesicht zeichnete sich ein kämpferischer Ausdruck ab. »Wenn wir Feierabend haben, durchforsten wir nochmal alle Akten. Bestimmt wurde irgendetwas übersehen.«

»Klingt nach einem Plan. Ich bestell uns eine Pizza, damit wir nicht verhungern. Was willst du draufhaben?«

Constanze kam nicht mehr dazu, darüber nachzudenken, weil ihr Telefon klingelte und sie in die Notfallambulanz gerufen wurde. »Ist mir egal, bestell irgendwas, ich esse alles.« Und schon war sie zur Tür hinaus.

»Ich geh am Stock. Das kann doch nicht wahr sein!« Hektisch überprüfte sie die Klebeelektroden auf dem Brustkorb des Jugendlichen und stieß auf eine schmale, kaum sichtbare Narbe. Darunter zeichnete sich ein Schrittmacheraggregat ab. »Wie alt bist du nochmal?«

Der zierliche Junge grinste. »Lassen sie mal, sie sind nicht die Erste, die nachfragt. Ich habe meinen Defi vor drei Jahren gekriegt. Mein Herz hat schlapp gemacht nach einer Angina. Das war ganz schön gruselig.« Er verdrehte belustigt die Augen.

»Kann ich mir vorstellen.« Das Lächeln, das sie erwiderte, war jedoch nur halbherzig, denn ihre Gedanken überschlugen sich. *Was mache ich denn jetzt? Der Defi muss ausgelesen werden. Aber Johann ist verhaftet worden. Verdammt! Wen rufe ich denn jetzt an? Vielleicht sollte ich den Jungen verlegen.* »Sabine? An wen muss ich mich denn jetzt wenden wegen des Defibrillators?«

»Gute Frage! Ich finde es raus.« Die Schwester telefonierte, derweil sich Constanze wieder an den Patienten wandte. »Also, wie ist das noch mal passiert?«

»War im Skaterpark und habe meine Moves und Sprünge geübt. Ist schiefgegangen.« Er zog enttäuscht die Mundwinkel nach unten.

»Das kannst du laut sagen. Dein Schienbein und dein Wadenbein sind mehrfach gebrochen. Das muss operiert werden.«

»Fuck!«

»So kann man es auch nennen. Die Operation an sich ist kein Hexenwerk. Das kriegen wir hin. Aber das Problem ist dein Defibrillator.« Sie tippte zur Bestätigung auf die Haut über dem Aggregat.

»Hab ich schon gehört. Aber sie kriegen das doch hin, oder?«

Constanze sah in die graublauen Augen des Teenagers. Sein Vertrauen rührte sie. »Wir geben uns die größte Mühe. Ich muss aber erst klären, ob mit deinem Defi alles in Ordnung ist. Dann gehts in den OP. Außerdem müssen entweder deine Mutter oder dein Vater noch einige Unterschriften leisten, Papierkram. Der gehört aber dazu.«

»Klar doch.« Entspannt lehnte sich der Junge zurück und tippte auf seinem Handydisplay herum, so als wäre es das Normalste auf der Welt, im Krankenhaus zu sein und auf seine Operation zu warten.

Als hätte man sie gerufen, schob Sabine die Tür zum Behandlungszimmer auf. »Wir können in die Funktionsabteilung, die Chefin selbst kümmert sich um den Jungen.«

»Hallo, Cedric! Kannst du mich hören? Mach mal die Augen auf, die Operation ist vorbei.« Constanze beugte sich über ihren Patienten, hob ein Augenlid nach dem anderen und leuchtete in die Augen. Die Pupillen zogen sich nur verzögert zusammen. *Noch ganz weit weg, kein Wunder, dass er die Augen nicht aufmacht.* Sie überlegte, ob sie sich noch eine Weile ans Bett des Jungen setzen sollte. Wie so oft hatten sie weit in den Feierabend hinein operiert. Dann fiel ihr jedoch ein, dass Julian mit der Pizza auf sie warten musste. Constanze war hin- und hergerissen. Sie traute dem Frieden nicht. Dafür war in den letzten Wochen einfach zu viel passiert. Dennoch wollte sie Johann helfen, denn jede Zelle in ihrem Körper weigerte sich, daran zu glauben, dass er in die Morde verwickelt war. Denn um Mord ging es hier. Nur wer sollte so etwas tun?

Seufzend verließ sie das Zimmer, jedoch nicht, ohne noch einmal einen Blick auf den Monitor zu werfen. Sie überlegte einen Moment und schlug den Weg in Richtung der Schwesternkanzel ein. Hier gab es eine zentrale Überwachung. »Hallo Cindy! Tust du mir einen Gefallen und siehst häufiger mal nach Cedric? Ich habe so ein komisches Bauchgefühl?«

Die Schwester nickte verständnisvoll. In all den Jahren auf der Wachstation hatte sie gelernt, dass es nie verkehrt war, auf seinen Bauch zu hören. »Geht klar.«

»Danke. Ich hab noch was zu tun, schaue aber, bevor ich nach Hause gehe nochmal rein.« Sie war noch nicht zur Tür heraus, als sie Cindy rufen hörte.

»Hallo? Was machen sie da? Was haben sie hier zu suchen?«

Wenig später schoss ein Mann an Constanze vorbei und hätte sie beinahe umgerannt. Dann ging auch schon der Alarm los.

Gemeinsam mit Cindy rannte sie in das Krankenzimmer. Der Monitor des Jugendlichen hatte Kammerflimmern registriert und bimmelte lautstark. Constanze erfasst sofort die Situation. »Bring mir den Magneten!«, rief sie Schwester Alexandra, die ihren Lockenkopf zur Tür hereingesteckt hatte, zu. An Cindy gerichtet fuhr sie fort. »Ruf das Reanimationsteam! Sag ihnen, wir brauchen auch einen Kardiologen, der einen passageren Schrittmacher legen muss! Bring unseren Reanimationswagen mit!«

Ohne weitere Fragen zu stellen, stürmte Cindy los.

Kurze Zeit darauf kamen beide Schwestern zurück. Alexandra hielt Constanze den schweren Magneten hin. »Was hast du denn damit vor?«

Die Ärztin atmete tief durch, denn sie konnte selbst nicht glauben, dass sie wirklich durchzog, was sie geplant hatte. »Ich werde die Schrittmacherfunktion des implantierten Defis damit ausschalten. Dann werden wir mit unserem Gerät durch die Haut das Herz am Schlagen halten, bis der Kardiologe kommt, um eine Schleuse für einen passageren externen Schrittmacher zu legen.«

»Weißt du wirklich, was du da tust?« Skeptisch schaute Cindy auf den Magneten in der Hand der Ärztin.

Bevor sie es sich anders überlegen konnte, legte Constanze ihn auf das Aggregat des implantierten Defis. Wenig später schaltete sich der Schrittmacher aus. Das Kammerflimmern auf dem Monitor verschwand, um einer Nulllinie Platz zu machen. Während Cindy und Alexandra Elektroden auf den Brustkorb des Jungen klebte, die durch die Haut den Rhythmus des Herzens vorgeben sollte, stürmte das Reanimationsteam ins Zimmer. Constanze verfolgte jedoch weiter ihren Plan und sorgte dafür, dass nach kurzer Herzdruckmassage und der richtigen Menge Strom über die Elektroden, wieder ein normaler Rhythmus auf dem Monitor zu erkennen war.

Erleichtert wischte sie sich die Schweißperlen von der Stirn. Ihr Shirt klebte ihr am Körper, als wäre sie einen Marathon gelaufen. Sie taumelte und merkte, dass ihre Beine sich wie Pudding anfühlten, und drohten, unter ihr nachzugeben.

Der Anästhesist musste dies mitbekommen haben, denn er griff ihr hilfreich unter die Arme und schob sie auf den Stuhl, der ihnen am nächsten stand.

Alexandra hatte irgendwoher ein Glas Wasser gezaubert und reichte es der Ärztin.

Gierig kippte Constanze den Inhalt herunter. »Danke.«

Zwischenzeitlich war auch die Chefin der Kardiologie eingetroffen. Sie und der Anästhesist ließen sich von Constanze erklären, was sie dazu bewogen hat, den implantierten Defibrillator des Patienten auszuschalten.

»Als der Mann aus dem Zimmer kam, von Station rannte und gleich danach der Alarm losging, wusste ich, dass er den Defi des Jungen manipuliert haben musste. Julian Helbing hat mir erzählt, was er alles getan hatte, um seine Patientin zu retten. Daher wusste ich, dass ich das gar nicht erst zu probieren brauche. Ihr

Defibrillator hat jedes Mal, wenn Julian wieder einen normalen Rhythmus hergestellt hatte, gab das Gerät wieder einen Schock ab, was dann erneut ein Kammerflimmern auslöste. Ich dachte mir, der beste Weg wäre, den Defi des Jungen auszuschalten und über die Elektroden unseres externen Gerätes die Funktion eines Schrittmachers so lange zu ersetzen, bis er ein neues Aggregat bekommen kann.«

Die Chefin der Kardiologie warf dem Anästhesisten einen kurzen Blick zu.

Der grinste und klopfte ihr mit seiner breiten Hand auf die Schulter. »Sieht so aus, als ob der Plan funktioniert. Schlaues Mädchen!«

Motive

»Können sie den Mann beschreiben?« Kurt Vogel musterte sie neugierig.

»Ich weiß es nicht, es ging alles so furchtbar schnell.« Sie zwirbelte eine Haarsträhne um den Zeigefinger, hielt den Blick nach innen gerichtet und versuchte krampfhaft, sich das Gesicht des Mannes vorzustellen. »Wenn ich es mir recht überlege, kam mir der Mann irgendwie bekannt vor. Er hatte die Kapuze seines Pullovers tief ins Gesicht gezogen, sodass ich die Augen nicht sehen konnte. Aber ich sehe hier so viele Menschen, vielleicht war er ja ein Patient oder ein Besucher. Ich weiß es einfach nicht.«

Vogel tippte mit dem Kugelschreiber auf das fast leere Blatt seines Schreibblocks. »Fangen wir doch erst einmal mit etwas Einfachem an. Wie groß war der Mann in etwa?«

»... über einen Kopf größer, bestimmt 1,85 Meter und etwa 75 Kilo schwer. Er hat mich mit sich gerissen, dass ich beinahe gestürzt wäre.«

»Gut. Sehen sie, so schwer ist das doch gar nicht. Woran können sie sich noch erinnern? Was hatte er an?« Geduldig wartete der Ermittler auf eine Antwort.

Constanze schloss die Augen und spulte den Moment, als der Mann von Station gerannt war, abermals vor ihrem geistigen Auge ab. »Er trug einen dunkelgrünen Pullover mit Kapuze und eine Arbeitshose, ebenfalls grün. Eigentlich sah er aus wie ein Hausmeister.«

»Fiel ihnen sonst noch irgendetwas an ihm auf?«

»Er hatte eine Tasche bei sich.«

»Sonst noch etwas?«

Die Ärztin schüttelte den Kopf.

»Wenn ihnen noch etwas einfällt, dann rufen sie mich an!« Er zückte eine Visitenkarte aus seiner Brieftasche und reichte sie ihr.

»In Ordnung. Wie geht es denn jetzt weiter? Wird Doktor Freitag jetzt wieder freigelassen?«

»Ich denke schon. Er wurde auch nicht wirklich eingesperrt. Er befindet sich in Polizeigewahrsam und wird noch befragt. Ich glaube nicht, dass man ihn nach der Sache heute Nachmittag noch weiter verdächtigen wird.«

»Gut, denn er ist ein ausgezeichneter Arzt. Ich habe keine Sekunde an ihm gezweifelt.« Constanzes Gesicht bekam einen kämpferischen Ausdruck.

Abwehrend hob Vogel die Hände. »Ist ja schon gut. Sie brauchen mich nicht mehr von seiner Unschuld zu überzeugen. Schon gar nicht, nachdem wir das hier gefunden haben.« Er deutete auf einen Gegenstand, der neben ihm auf dem Tisch lag und dem Auslesekopf, den Johann für die Defibrillatoren nutzte, ähnelte. »Scheinbar hat der Kerl, der sie umgerannt hat, einige Erfahrung mit technischen Geräten. Wie auch immer, mein Kollege, Herr Winkler, den sie heute Nachmittag kennengelernt haben, verhandelt gerade mit ihrem Klinikdirektor und den Klinikanwälten die Freigabe der Überwachungsvideos vom Foyer und den übrigen Ausgängen. Wenn das Videomaterial ausgehändigt wird, benötigen wir nochmals ihre Hilfe. Sie und die Krankenschwester, die auf ihrer Wachstation Dienst hatte, müssten dann den Mann identifizieren.«

»Kein Problem. Ich tue alles, damit der Kerl gefasst wird. Wegen ihm sind fünf Menschen gestorben und einer beinahe. Ein befreundeter Kollege wurde unschuldig verhaftet und sein Ruf dadurch geschädigt.«

»Ja, das tut mir, ehrlich gesagt, leid.« Er räusperte sich verlegen. »Gibt es eine Nummer, unter der wir sie jederzeit erreichen können? Das würde die Sache vereinfachen.« Vogel notierte die Telefonnummer, die Constanze ihm mitteilte. »Das wäre dann alles. Wir melden uns bei ihnen.«

Als der Beamte gegangen war, tauchte Julian mit einer großen Pizza im Arztzimmer auf. »Und, wie lief´s?«

»Ganz gut, denke ich. Ehrlich gesagt, reicht es mir. Ich hoffe nur, dass sie den Kerl bald kriegen, damit hier wieder Normalität einzieht. Das ist doch alles Wahnsinn!« Constanze fing an, am ganzen Körper zu zittern.

Julian sah das, stellte die Pizza zur Seite und lief eilig zu ihr. Vor ihrem Stuhl kniete er sich auf den Boden und hielt ihre Hände, mit denen sie versuchte, ihre Beine unter Kontrolle zu bringen. »Alles wird gut, ich weiß es.« Seine Worte sorgten jedoch nur dafür, dass sich das Zittern noch verstärkte und in einem heftigen Beben gipfelte. »Ist schon gut, dass ist die Anspannung, die jetzt nachlässt.« Seine Worte schienen aber nicht zu ihr durchzudringen. Kurzerhand stand er auf, griff ihr unter Arme und Kniekehlen und hob sie hoch. Als sie sich nicht wehrte, setzte er sich auf den Stuhl, auf dem sie bis eben noch gesessen hatte, und zog sie auf seinen Schoß. Das Gefühl, das dabei in ihm aufkam, ließ sich kaum beschreiben. Er spürte, wie sie ihren Kopf an seine Schulter schmiegte. Er war so glücklich wie noch nie in seinem Leben. Alles fühlte sich einfach nur richtig an.

»Soll ich dich nachhause fahren?«
Constanze löste sich von Julian und blinzelte in Richtung Fenster. »Ich habe gar nicht mitgekriegt, dass es schon dunkel geworden ist. Wie spät ist es denn?«
»Fast elf.«
Etwas verlegen rutschte Constanze von seinen Knien. Als sie bemerkte, wie er sie anstrahlte, wich jedoch jeglicher Anflug von Unbehagen.

Konnte das wirklich sein? Sie lächelte zurück. »Ich habe mein Fahrrad unten stehen. Das kann ich aber morgen holen.«

Als ihr Magen lautstark knurrte, musste Julian laut lachen. »Die Pizza wird jetzt kalt sein.« Er zögerte kurz, um die Situation abzuschätzen. »Wir könnten sie mitnehmen und bei mir in der Mikrowelle warm machen?«

Dann wäre ich nicht allein. »Keine schlechte Idee. Ich ziehe mich um und dann können wir.«

Nachdem sie das Zimmer verlassen hatte, starrte er immer noch die mittlerweile wieder geschlossene Tür an. Julian konnte nicht glauben, dass diese mutige Frau gleich mit ihm nachhause fahren würde. *Ich muss es ruhig angehen. Das darf ich nicht versauen. Sie ist etwas ganz Besonderes. Und sie ist deine Kollegin! Und sie ist fünfzehn Jahre jünger. Verdammt!*

Seine Gedanken wurden unterbrochen, als sie umgezogen zurückkam. Er stand immer noch genauso da wie vor einigen Minuten. *Wow, sie sieht toll aus in ihrer knallengen Jeans. Und sie denkt bestimmt, ich bin ein Trottel.*

»Wir müssen einen Umweg machen. Kurt Vogel hat mich gerade angerufen. Sie haben die Videos und wollen, dass ich sie mit ansehe. Vielleicht kann ich den Kerl identifizieren, der mich vorhin umgerannt hat.«

Julian meinte, ein leises Bedauern in ihrem Blick erkannt zu haben. »Klar, kein Problem. Ich begleite dich zur Polizei. Wir werden ja sehen, wie spät es dann ist und ob es sich noch lohnt, zu mir zu fahren.«

»Das ist er! Ich bin mir ganz sicher.« Aufgeregt tippte Constanze auf den Monitor. Kurt Vogel und Björn Winkler wirkten zufrieden.

Der digitale Forensiker vergrößerte die Aufnahme. »Sie und ihre Kollegin, Schwester Cindy, haben ihn eindeutig identifiziert. Jetzt müssen wir nur noch rausfinden, wer der Kerl ist.«

»Dann können wir jetzt gehen?« Constanze erhob sich.

Kurt Vogel tippte noch einige Zeilen auf seiner Tastatur. »Nur noch eine Unterschrift auf ihrer Aussage.« Er klickte mit der Maus. Einen Moment später schob sich ein Blatt Papier aus dem Drucker, das er herausnahm und ihr unter die Nase hielt.

Constanze verkniff sich ein Gähnen und unterschrieb ihre Aussage, nachdem sie diese noch einmal durchgelesen hatte.

Als sie in Richtung Tür lief, gab Julian plötzlich ein Geräusch von sich. »Moment mal, ich ... ich kenne den Mann!«

Jetzt war Constanze wieder hellwach. »Du kennst ihn? Woher denn?«

»Das ist Jens Vollmer.« Julian schüttelte ungläubig den Kopf. »Das kann doch nicht sein, er ...«

»Woher kennen Sie den Verdächtigen?« Kurt Vogel sperrte die Ohren auf.

»Er ist ... war EDV-Mann in unserer Klinik.«

»War?« Jetzt wurde der Kriminalbeamte noch interessierter.

Constanze betrachtete die deutlich vergrößerte Aufnahme auf dem Monitor. »Es stimmt. Ich erinnere mich, dass er mehrfach in der Klinik randaliert hat. Deswegen kam er mir auch so bekannt vor. Ich konnte das Gesicht nur einfach nicht mehr zuordnen.«

Julian nickte zustimmend. »Ja, er musste mehrfach mit dem Sicherheitsdienst aus der Klinik entfernt werden, weil er betrunken war und Krach geschlagen hat.«

»Das passt ins Bild. Ein unzufriedener ehemaliger Mitarbeiter rächt sich an der Klinik.« Kurt Vogel lehnte sich selbstzufrieden in seinem Bürostuhl zurück.

»Sie verstehen nicht. Das ist nicht alles.« Julian überlegte, ob er den Beamten die Geschichte des Mannes erzählen sollte, oder nicht. Da sie bei ihren Ermittlungen aber sowieso alles erfahren würden, spielte es, im Grunde genommen, auch keine Rolle. »Jens Vollmer hat, bevor ihm gekündigt wurde, viele Jahre in unserem Krankenhaus gearbeitet. Er ist ein Genie auf seinem Gebiet.«

»Was ist passiert?« Vogel beugte sich neugierig

nach vorn, die Arme vor sich auf dem Schreibtisch verschränkt.

»Vor beinahe einem Jahr ist seine Tochter gestorben. Sie war erst vier Jahre alt. Die Kleine musste nach einer Grippe wiederbelebt werden. Das Herz hatte großen Schaden genommen. Aber bevor die Kinderkardiologen ihr einen Defibrillator einsetzen konnten, starb sie. Ich weiß noch, wie erschüttert wir damals alle waren. Er blieb nach dieser Tragödie einige Monate zuhause. Als er dann wieder zur Arbeit kam, war er oftmals betrunken und wurde wieder nachhause geschickt. Die Klinikleitung hat sich das sehr lange mit angesehen, ihn dann aber entlassen, weil die Zwischenfälle zunahmen und oftmals lautstark abgingen.«

»Das erklärt seinen Hass auf alle Menschen mit einem Defibrillator. Sie durften leben, während seine Tochter sterben musste, weil ihr das lebensrettende Gerät versagt wurde.« Constanze hatte es auf den Punkt gebracht, das erkannte sie an den Gesichtern der Männer um sich herum.

»Dann stellen wir mal einen Haftbefehl aus. Holen wir uns den Kerl und fragen ihn, wie er es geschafft hat, die Defibrillatoren zu hacken! Vielen Dank für ihre Hilfe, Frau Doktor Herzsprung und Herr Doktor Helbing.«

Julian öffnete Constanze die Beifahrertür. Beide

hatten auf dem Weg zum Auto kein Wort gesprochen. Er lief um den Wagen herum, öffnete die Fahrertür und ließ sich beinahe lautlos auf den Fahrersitz gleiten. Dann saß er einfach nur da.

»Was meinst du, werden sie jetzt mit Jens Vollmer machen?« Constanze befand sich in diesem eigenartigen Zustand aus einer Mischung von grenzenloser Müdigkeit und Aufgeregtheit, so, wie sie es von ihren Diensten her kannte. Sie war zu hibbelig, um einzuschlafen und zu müde, um irgendeinen klaren Gedanken fassen zu können.

»Wenn er Glück hat, landet er in der Psychiatrie. Vielleicht findet er einen Anwalt, der mildernde Umstände geltend machen kann. Ich meine, dass dies die Morde an den fünf Menschen nicht wieder gut macht, aber auch er hat genug gelitten.« Julian drehte den Zündschlüssel, den er eben in das Zündschloss geschoben hatte, herum und startete den Wagen. »Zu müde für Pizza?« Fragend sah er die wunderschöne Frau an seiner Seite an. Das Lächeln, mit dem sie ihn anstrahlte, vertrieb jeden trüben Gedanken in seinem Kopf.

»Nein, lass uns fahren!«

- Ende –

Medizinische Fachbegriffe

<u>Stethoskop:</u> Gerät und Arbeitsmittel eines Arztes, um die Herztöne eines Patienten abzuhören.

<u>Defibrillator:</u> Medizinisches Gerät, mit dem durch gezielte Stromstöße das Herz dazu gebracht wird, im richtigen Rhythmus zu schlagen. Diese gibt es mittlerweile auch zum Einpflanzen in den Körper.

<u>Aggregat:</u> Gerät, das unter die Haut gepflanzt wird und gemeinsam mit den Elektroden zum Herzen den Defibrillator bilden.

<u>Reizschwelle</u>: Maß für die geringste Menge an Strom, die das Herz erregen kann.

<u>Interventionsfrequenzen</u>: Die Herzfrequenz, die am Defibrillator eingestellt wird, bei der eine Intervention (Schock) ausgelöst wird.

<u>Kardiologie</u>: Ist die Lehre vom Herzen. Ärzte, die sich mit Erkrankungen des Herzens beschäftigen werden Kardiologen genannt.

<u>Echo</u>: Echokardiographie, Ultraschall am Herzen.

Herzinsuffizienz: Krankheit, die durch eine schwache Leistung der Herzmuskulatur hervorgerufen wird. Dadurch kann weniger Blut vom Herzen in die Gefäße gepumpt werden und der Mensch fühlt sich schlapp und bekommt Wassereinlagerungen im Körper.

Kammerflimmern: Rhythmusstörung des Herzens, die, wenn sie länger anhält, zum Tod führt. Dabei schlägt das Herz so schnell, dass es ineffektiv wird und kein Blut mehr durch den Körper pumpen kann.

Präkordialer Faustschlag: 1. Hilfe-Maßnahme bei beobachtetem Kammerflimmern, bei der die Energie des Faustschlages dafür genutzt wird, das Herz wieder in den richtigen Rhythmus (Sinusrhythmus) zu bringen.

Lungenembolie: oder auch Lungeninfarkt. Hierbei gelangt ein Blutgerinnsel in eine Lungenarterie. Wird ein großes Lungengefäß verstopft und bleibt dies unbehandelt, kann dies zum Tod führen.

Leichenschau: Aufgabe eines Arztes als letzter Dienst am Patienten. Hierbei wird der Tod festgestellt. Dabei wird auf sichere Todeszeichen geachtet (Leichenstarre, Totenflecken).

Livores: Totenflecke

Histologie: Ist die Lehre und Wissenschaft von lebendem Gewebe. Hierbei werden die Gewebe durch ein Mikroskop betrachtet und beurteilt.

Pathologie: Gebiet der Medizin, die sich mit krankhaften Vorgängen im Körper beschäftigt.

Obduktion: Leichenöffnung, um die Todesursache feststellen zu können.

Anamnese: Krankengeschichte

Anmerkungen der Autorin

Keine Angst, ich habe mir aus glaubhafter Quelle versichern lassen, dass es medizinisch unmöglich ist, Defibrillatoren oder Herzschrittmacher zu hacken. Es gibt so viele Sicherheitsvorkehrungen, die es nicht gestatten, auf die implantierten Geräte zuzugreifen.
Dennoch fand ich das Thema reizvoll, was mich dazu bewogen hat, neben dem Kinderbuch, an dem ich gerade schreibe und den Recherchen für den dritten Band meiner Romantrilogie, doch noch einen kurzen Krimi »dazwischen zu schieben«.

Ich hoffe, Ihr fandet Gefallen an meinen neuesten literarischen Ergüssen und seht es mir nach, dass ich nicht konsequent am viel gefragten Mittelalterroman arbeite. Ein wenig Abwechslung ist für das Autorenhirn wichtig.
Sehr würde ich mich über Rezensionen freuen, denn nur so kann ich erfahren, ob Euch meine Texte gefallen.
Also immer her mit den Bewertungen und vielen Dank,

Eure Yvonne Bauer

Diedorf, im Juni 2018

Über die Autorin

Yvonne Bauer wurde 1972 in Mühlhausen geboren. Dort ist sie auch zur Schule gegangen und aufgewachsen. Nach dem Abitur hat sie eine Ausbildung zur Fremdsprachensekretärin absolviert und einige Zeit in diesem Beruf gearbeitet.
Ein Jahrzehnt darauf verwirklichte sie ihren Traum und begann ein Medizinstudium, das sie sechs Jahre später erfolgreich abschloss. Seitdem arbeitet sie als Ärztin.

Bereits als Kind hat sie mit selbstgemalten Bildern Geschichten erzählt. Mit dem Schreiben- und Lesenlernen kamen dann Texte hinzu. Parallel dazu verschlang sie einen Roman nach dem Anderen, wobei sie schon immer eine besondere Vorliebe für historische Werke hegte.

Vor etwas mehr als sechs Jahren hat die Autorin mit den Recherchen für ihren ersten Roman »ANTONIUSFEUER« begonnen. Dieses Buch ist ihr Debüt und der Auftakt für eine Trilogie. »MARIENGLUT« bildet als Fortsetzung den zweiten Teil. Am letzten Teil arbeitet sie bereits. Stetige Unterstützung erfährt sie dabei durch ihren Mann Michael.

Bisher erschienen:

Antoniusfeuer - Historischer Mühlhausen - Roman Band 1
ISBN 978-3-7347-8198-8, Januar 2014

Ebola, Kurzgeschichte,
ISBN 978-3-7347-8026-4, Oktober 2014

Die Kainsprung-Hexe, Kurzgeschichte,
ISBN 978-3-7347-7560-4, Oktober 2014

Die Mühlhäuser Batseba, Kurzgeschichte
ISBN 978-3-7386-3405-1, August 2015

Marienglut, Historischer Mühlhausen - Roman Band 2
ISBN 978-3-741-24210-6, Juli 2016

Nr. 983, Roman
ISBN: 978-3-744-83486-5, Juni 2017

Klappentext

In einem Kleinstadtkrankenhaus häufen sich unerklärliche Todesfälle.

Constanze und Julian, Ärzte in der Klinik, stoßen dabei auf einige Ungereimtheiten. Sie entdecken, dass alle Toten Träger implantierter Defibrillatoren waren.

Die Kriminalpolizei nimmt die Ermittlungen auf. Die erste Spur führt zum Hersteller der defekten Geräte, der jedoch jegliche Schuld von sich weist.

Als weitere Menschen in dem Krankenhaus sterben, kommen bei den Medizinern Zweifel auf, ob die Polizei die richtige Fährte verfolgt.